A ROUPA NOVA DO REI

CLÁSSICOS ILUSTRADOS
Mauricio de Sousa

ERA UMA VEZ UM REI MUITO VAIDOSO. DOIS FORASTEIROS QUISERAM SE APROVEITAR DISSO E DISSERAM ÀS PESSOAS DO REINO QUE ERAM MESTRES EM TECER UM PANO ESPECIAL, INVISÍVEL PARA OS TOLOS E INCOMPETENTES.

O REI LOGO MANDOU CHAMAR OS DOIS SUJEITOS, ANIMADO COM A IDEIA DE TER ROUPAS QUE, ALÉM DE BELAS, TAMBÉM IRIAM DESMASCARAR AQUELES QUE NÃO MERECIAM CARGOS DE CONFIANÇA NA CORTE.

OS DOIS VIAJANTES RECEBERAM UMA BOA SOMA EM DINHEIRO. TAMBÉM PEDIRAM UMA SALA, UM TEAR, FIOS DE SEDA E OURO PARA COMEÇAR A TECER UMA NOVA ROUPA PARA O REI.

O REI ESTAVA CURIOSO E RESOLVEU ENVIAR O PRIMEIRO-MINISTRO PARA INSPECIONAR A OBRA DOS TECELÕES. ASSIM TAMBÉM APROVEITARIA PARA DESCOBRIR SE O MINISTRO ERA SÁBIO E FIEL.

O MINISTRO CHEGOU EM FRENTE AO TEAR E NADA VIU. QUANDO OS TECELÕES LHE PERGUNTARAM SE O PADRÃO DO TECIDO ERA DE SEU AGRADO E SE AS CORES SE HARMONIZAVAM, ELE DISSE QUE SIM.

O MINISTRO CONTOU AO REI SOBRE O PROGRESSO DA CONFECÇÃO E O BOM GOSTO DOS DOIS PROFISSIONAIS.

NA CIDADE, SÓ SE FALAVA SOBRE A NOVA ROUPA, QUE POSSUÍA PODERES MÁGICOS PARA DESMASCARAR MINISTROS E SECRETÁRIOS TOLOS E INCOMPETENTES.

DEPOIS DE CINCO OU SEIS DIAS, O REI, ANSIOSO, RESOLVEU VISITAR OS TECELÕES, ACOMPANHADO PELO PRIMEIRO-MINISTRO E PELO SEU CONSELHEIRO.

O REI NÃO VIU NADA, ALÉM DE UM TEAR VAZIO. ISSO QUERIA DIZER QUE ELE NÃO ERA DIGNO DE OCUPAR SEU CARGO, PENSOU. ENTÃO, ELOGIOU MUITO O TRABALHO DOS TECELÕES.

NENHUM MEMBRO DA CORTE CONFESSARIA QUE NÃO VIA NADA. AFINAL, NINGUÉM QUERIA SER CONSIDERADO INDIGNO DO CARGO QUE OCUPAVA. ENQUANTO ISSO, OS ESPERTOS TECELÕES SORRIAM SATISFEITOS.

DOIS DIAS DEPOIS, OS TECELÕES SE APRESENTARAM NA CORTE, LEVANDO A ROUPA PARA QUE O REI PUDESSE DESFILAR NA PARADA MILITAR, QUE ACONTECERIA NAQUELE MESMO DIA.

O REI FOI PARA A FRENTE DO ESPELHO E TIROU AS ROUPAS QUE VESTIA. OS TECELÕES FINGIRAM ENTREGAR A ELE PRIMEIRO A TÚNICA, DEPOIS A CALÇA E, POR ÚLTIMO, A CAPA COM SUA LONGA CAUDA.

EM VOLTA DELE, OS CORTESÃOS SE DESMANCHAVAM EM ELOGIOS À NOVA ROUPA. LÁ FORA, QUATRO SOLDADOS EM TRAJES DE GALA, SEGURANDO UMA TENDA, AGUARDAVAM O REI PARA O DESFILE.

O CORTEJO COMEÇOU E NINGUÉM CONSEGUIA VER A ROUPA DO REI. MAS É CLARO QUE NINGUÉM CONFESSAVA ISSO, POIS CORRIA O RISCO DE SE PASSAR POR TOLO OU INCOMPETENTE.

DE REPENTE, UM GAROTO APONTOU PARA O REI E GRITOU: – O REI ESTÁ NU! UM DOS POPULARES DISSE QUE AQUELA ERA A VOZ DA INOCÊNCIA, POIS CRIANÇA NÃO MENTE, DIZ O QUE VÊ! E LOGO TODOS COMEÇARAM A RIR.

O REI OUVIA TUDO E CADA VEZ MAIS SE CONVENCIA DE QUE FORA ENGANADO.

OS CHARLATÕES FUGIRAM COM O OURO E NUNCA MAIS FORAM VISTOS.

O REI APRENDEU QUE A VAIDADE EXCESSIVA PODERIA SER MUITO PERIGOSA PARA ELE E TODO O REINO.